LIVING WITH HIM

Toworu Miyata

Inhalt

Macht doch nichts.

Auch auf meiner Schule ist Kazuhito total berühmt.

Er hat schließlich an den Highschool-Baseball-Meisterschaften teilgenommen.

Ganz genau!

Wenn ihr schon auf dieselbe Uni geht, kannst du auf diese Weise Geld sparen und hast jemanden, mit dem du was unternehmen kannst.

Waaa?! Das bringt dir doch 'ne ganze Menge!

Und was soll mir das jetzt bringen?

Das geht definitiv zu weit, Saeko!!! (Mutter)

Vor allem hätten wir das große Los gezogen, wenn wir dich besuchen kommen und uns Kazuhito-kun über den Weg läuft! ♡

Aber...

Du sagst es! ♡

...

... wir haben uns in all den Jahren kaum gesehen...

Total!

KABONK

Aber...

... unsere Mütter sind echt so was von eigensinnig.

Ha ha ha!

Einverstanden! ♡

Bei der Gelegenheit könnten sie sich doch eine Wohnung teilen!

Mutter Saeko

Mutter Yurie

Die haben einfach über unsere Köpfe hinweg entschieden, dass wir uns 'ne Wohnung teilen!

Auch wenn sich die beiden gut verstehen...

... haben wir selbst uns doch seit Jahren nicht mehr gesehen.

Unsere Mütter verstehen sich echt gut.

D...

... und können froh sein, dass wir dadurch Geld sparen.

Na ja, wir sind schließlich zwei Jungs...

Das nicht gerade, aber ist doch normal, wenn mich so was irritiert!

Aber hattest du denn etwas gegen eine WG, Natsukawa?

Ja richtig. Auf der Mitteschule waren wir in verschiedenen Klubs...

... und wir waren auf anderen Highschools.

Auch wenn wir als Kinder befreundet waren, sind wir uns nach all den Jahren doch so gut wie fremd, oder?

Saeko berichtet mir doch immer von deinen Heldentaten und wie beliebt du bist...

... bis ich es nicht mehr hören kann!

Waaas?! Red doch keinen Blödsinn!

Warte.

Es ist aber wahr.

Häää?! Aber was ist der Grund dafür?

Uh...!

HIBBEL

...

Gute Frage.

PIPIPI

PIPIPI

Morgen.

Es riecht so gut...

Hey!

Guten Morgen.

KLAPP

Seit dem Morgentraining in der Highschool ist Frühaufstehen 'ne Angewohnheit von mir.

Du bist aber früh auf.

Hast du etwa Frühstück gemacht?

Und zum Frühstück gibt's auch nur 'ne Kleinigkeit.

Tja!

LIVING WITH HIM

KAPITEL 2

Was für 'ne sonnige Aura...

Oh. Sicher...

Aber mit der Zeit bekomm ich's bestimmt besser hin.

Bring's mir doch das nächste Mal bei!

Aber lass uns erst mal frühstücken!

... und er hat ein attraktives Erscheinungsbild, wie man sieht.

... sein Charakter ist einwandfrei...

Er packt im Haushalt mit an, hat 'ne positive Lebenseinstellung...

Na ich selbst!!!

Wer zum Teufel ist auf die Idee gekommen, er könnte einen Fehler haben?!

KNURPS

Wo wollen wir heute hin?
Ich hätte Lust auf 'nen Film!
Hey! Klingt gut!
Ich freu mich total auf unser Pseudo-Date!
Nenn's gefälligst nicht „Date“!
Das ist doch so 'ne Art Übungs-Date, nicht wahr?
Sag Bescheid, wenn ich was falsch mache!
Ich werde auf jedes Detail achten.
Seine Klamotten...
Klar...
Sei bitte nicht so streng.
... sind weder uncool noch ausgefallen.

...

Und...?

Wie fandest du mich?

Wie soll ich dich schon finden?

SLURP

Du hast dich wie ein netter Kerl verhalten.

Es ist frustrierend, aber an dir gibt's einfach nichts zu bemängeln.

Na hör mal! Wo bleibt da die Kritik?

Er ist in fast allem ziemlich geschickt.

Er ist rücksichtsvoll...

... und freundlich.

Genau.

Er ist zu jedem freundlich...

... und ist ein wahrer Sonnen- schein.

?

Was soll denn das heißen?

Ich dachte nur, dass die Mädchen bestimmt auf dich fliegen.

Was hast du?

Wenn ich mir etwas aus den Fingern saugen soll...

... dann vielleicht den Rat, dir bei 'nem Mädchen 'nen anderen Film auszusuchen.

Ja...

Sehr.

Aber ich selbst wollte den Film sowieso sehen!

Diese Reihe ist echt spannend! Du magst diese Filme auch?

Was machst du denn da?!!
SWUPP
Hey.
Guten Morgen.
Ich bin geblendet !!
W...
Was heißt hier „Guten Morgen"?!
Was soll das werden...?!
Ach so. Du erinnerst dich nicht mehr?

GÄHN
Na ja.
Als ich gestern heimkam, hast du auf dem Sofa gelegen.
Dann hast du mich nicht mehr losgelassen und dich wie im Fieberwahn darüber beklagt, dass dir kalt sei.
...!!!
Es war meine Schuld?!!
Ich wünschte, ich wär tot!
PAFF
Echt jetzt?
Hab vielen Dank.
Wieso so höflich? Haha.
PATT
Fühlst du dich jetzt besser?
Was macht dein Fieber?
BLUSH
?!

Warum wird so ein aufmerksamer Kerl wie du abserviert?!

Anscheinend hatten deine Ex-Freundinnen echt hohe Ansprüche!

So was mach ich nicht.

Hm?

So was hab ich noch nie mit einer Freundin gemacht.

Vielmehr ...

... hab ich versucht, sie möglichst nicht anzufassen.

GRINS

Wenn ich abserviert wurde, hab ich immer zu hören bekommen...

... dass ich doch bestimmt in eine andere verliebt sei.

Ist es das, was ich denke ...?

Unser Leben zu zweit hat gerade erst begonnen...

... und ein Berg aus Problemen türmt sich auf...?!

Echt jetzt...?!

LIVING WITH HIM

KAPITEL 3

LÄRM

LÄRM

LÄRM

PLING ♪♪

Kazu-hito?

Was will er wohl?

Wo bist du gerade? Bist mit anderen zusammen?

Ich bin allein in der Mensa.

Gemüse

→ A Ka Sa
↺ Ta Na Ha
Ma Ya Ra
Wa ゛ ゜ ?!

„So was hab ich noch nie mit einer Freundin gemacht."

Trotz seiner zweideutigen Worte...

Kazuhito

Ich bin allein in der M...

Kann ich dir Gesellschaft leisten?

...

GRUMPF

... hat er nicht mehr dazu gesagt, als dass ich nichts reininterpretieren soll.

Das ungünstigste Tageshoroskop hat das Sternzeichen Krebs!!

Urgh?! So schlecht?!

Das Zusammenleben mit Kazuhito läuft noch immer gut.

Natsukawa!

Bitte entschuldige den Überfall!

... oder haben sich die schillernden Gestalten vermehrt?!

Kommt's mir nur so vor...

Sorry!

Das sind Freunde aus der Highschool!

Ich bin ihnen unterwegs in die Arme gelaufen, und sie wollen dich jetzt unbedingt kennenlernen.

Ähm...?

Hallo! Ich bin Keita Haruna.

Schön, dich kennenzulernen! Ich bin Eri Yoshida!

Du bist der Mitbewohner meines Sandkastenfreunds? Freut mich!

Du kannst mich Yoshida oder Yoshieri nennen! Wie du magst!

So! Das reicht doch jetzt.

I... ich bin Ryota Natsukawa.

Bringt Natsukawa nicht so in Verlegenheit.

Freut mich ebenfalls...?

Waaas?!

Ihr wolltet ihn euch doch nur kurz mal ansehen.

Warum bist du so abweisend, Kazuhito?

Was geht hier vor...?

Wo wir schon mal hier sind, möchten wir uns auch mit ihm unterhalten!

Kennst du vielleicht Tanakas Schwächen?

Eine Frage...

... Natsukawa-kun...

KABONK

...

Hä?

Hey! Was soll das, Haruna?!

Ja?

Haruna!

Oder dunkle Begebenheiten aus seiner Kindheit.

Warte! Das ist unfair! Ich will ihn ebenfalls ausfragen!

Hat er fragwürdige sexuelle Neigungen oder Geheimnisse, die er besser für sich behält?

KABONK

Waaas ...?

Du hast nach Fehlern gesucht!!

Prust!

Nein. Obwohl ich nach Fehlern an ihm gesucht hab, konnte ich keine finden...

Aber viel lieber würde ich wissen...

Hey! Da bist du ja, Tanaka!

Wie? Tatsächlich?

Takahashi-sensei hat dich gesucht!

ZUCK

Wie peinlich!!!

Ähm...

Tut mir leid, aber über solche Themen reden wir nicht.

Also dann, Haruna und Yoshida! Gehen wir!

Waaas?

Echt nicht?

Warum?!

Sind wir etwa schon Freunde?!

Nicht zu fassen...

Keine Sorge! Wir werden gut miteinander auskommen.

Ich möchte mich noch ein bisschen mit Natsukawa unterhalten.

Aber nehmt Natsukawa nicht zu sehr in die Mangel, okay?

ぽん
PATT

Bis später, Natsukawa!

Warum muss er mir immer gleich den Kopf tätscheln...?!

Hah....

Moment! Ihr seid ja voll die dicken Freunde!

Du bist echt zu beneiden!!!

Findest du? Körperkontakt ist doch bei Tanaka nichts Besonderes, oder?

Was?!

Ja.
Ich bin
seine Ex!

Ihr
wart mal
zusammen
...?

Aber
nur ganz
kurz.

Halt
die
Klappe!

?!

Nein,
gar nicht.
Das kannst du
mir glauben.

Als
wir noch
zusammen
waren, hat
er mir nicht
mal den Kopf
getätschelt.

Wenn ihm
ein Mädchen eine
Liebeserklärung
machte, hat er
abgelehnt, da er
sich aufs Training
konzentrieren
wolle.

... aber auf
der Highschool
war ich die Einzige,
die mal mit ihm
zusammen war.

Kazuhito war
schockierend
beliebt...

Scho-
ckierend
...?

Ha!
Ha!
Ha!

Dabei muss
man sagen,
dass Yoshida
ihn regelrecht
zu dieser
Beziehung
genötigt hat.

Sei
bloß
still,
Keita!

Wir
haben nicht
mal Händchen
gehalten.

Ich will
auch ge-
tätschelt
werden!

Genötigt ...?

Nein ehrlich! Es war eigentlich ganz harmlos.

Kazuhito ist doch so ein netter Kerl...

... und ich wollte seine Nettigkeit ausnutzen.

Bitte!! Ich störe dich auch nicht beim Training! Ehrlich!! Wir können auch erst mal zur Probe zusammen sein. Stell dir vor, du würdest mir damit das Leben retten!!!

Aber ich ließ nicht locker und bot ihm 'ne Beziehung auf Probe an, falls er sich um sein Training sorgt.

Zuerst bin auch ich bei ihm abgeblitzt!

... auch nur ein Fünkchen davon zu profitieren!

Ha!

Ha!

Aber dann hab ich's nicht geschafft...

Aber bestimmt gibt's ein anderes Mädchen, in das er verliebt ist!!

Er tat so, als hätte er wegen des Trainings keine Zeit!

Und dass ich...

... aus unerfindlichen Gründen etwas Besonderes für ihn bin.

TOCK
TOCK

Dass er beliebt ist...

... war mir durchaus klar.

TOCK
TOCK

Schw

20%

Womög-lich...

... möchte er mehr, als mich nur zu berühren.

Aber keine Ahnung, was er an mir findet.

Eine
rletzung?

Außer-dem...

... aber nicht mal etwas so Wichtiges hab ich gewusst.

Irgendwie deprimierend...

ZISCH

Dabei verbringen wir so viel Zeit miteinander.

ZISCH

Vielleicht hat es sich einfach noch nicht ergeben, dass er's mir sagt.

Er hat sich mir gegenüber noch nie über körperliche Probleme beklagt.

ZISSSCH

... müsste es doch hart sein, mit solchen Gefühlen ganz normal mit mir zusammen zu leben.

Aber falls er wirklich romantische Gefühle für mich empfindet...

Worum geht's?

LIVING WITH HIM
KAPITEL **4**

Ich mach's kurz und schmerzlos!

Hm?

?

PRESS

Was hast du auf einmal?

Äh...

...m...

POCH

Huch! Meine Hand ist so heiß...

Unglaublich, wie ich mir so was einbilden konnte!!!

Wie peinlich!!

Du magst Frittiertes, nicht wahr?

Natsu-kawa!

Warum wirft mich diese Selbstver-ständlichkeit so aus der Bahn...?

...wa.

Kein Wunder! Ich bin doch kein Mädchen!

Nur weil er mich mag, will er mich noch lange nicht küssen.

Natsu-kawa.

?

Was soll das heißen?

Tut mir leid, dass ich mich so zweideutig verhalten hab.

Was ?!

Sorry, was hast du gesagt?

Nicht sicher?

... und ich hab nichts gegen diese Berührungen.

Aber bei einem guten Freund würde ich doch genauso empfinden...

Ich bin gern mit dir zusammen...

Und um herauszufinden, auf welche Art und Weise ich dich mag...

... wollte ich etwas tun, was über Freundschaft hinausgeht...

... war mein Plan.

PLUMPS

Natsu-kawa...

BLUSH

Ich dachte, du wolltest mich küssen!

Ist doch klar!

Machst du dich über mich lustig?!

SCHIEB

Moment! Hä?!

Du bist ja knallrot, Natsukawa!

Ich bin in dich verliebt...

... aber möchte dich nicht zu etwas drängen.

Ha ha! Tut mir leid.

Warte!

Das kannst du gar nicht wissen.

Eklig würde ich es ganz bestimmt nicht finden! Nach allem, was passiert ist.

... wäre ich geschockt, wenn ich's ausprobiere ...

... und du's eklig finden würdest.

Krass! Er hat mir einfach so seine Gefühle gestanden...

POCH
POCH
POCH
POCH

Außerdem...

Dann machen wir damit Schluss.

Wenn du eines Tages nicht mehr mit mir zusammenwohnen kannst, sag bitte Bescheid.

...

Du kannst dir mit deiner Antwort Zeit lassen.

Solange du damit einverstanden bist, kann es so bleiben, wie es ist, Natsukawa.

... aber wenn ich das jetzt sage, wäre es bestimmt total unsensibel von mir.

Ich will die WG nicht auflösen...

Ist gut.

Ich wollte dir keine Hoffnungen machen...

Diese Idee ist bestimmt genauso blöd!

Ach verdammt!

Aber gibt's vielleicht noch etwas anderes...?

Hm?

Das ist nicht nötig!

Aber es freut mich, dass du dir meinetwegen Gedanken machst.

Etwas, das ich problemlos für dich tun kann.

Doch wenn du schon so fragst...

... fällt mir was ein...

Aber mit Freunden in einem Raum schlafen ist ja nichts Ungewöhnliches...

Hast du genug Platz?

Er will neben mir schlafen!

Ja, alles gut.

Moment. Wir schlafen doch täglich in derselben Bude.

Als würde ich bei einem Freund übernachten!

Was redest du da?

RASCHEL

Und Kazuhito ist so warm...

Oder doch... Heute ist so viel passiert, dass ich echt müde vor lauter Erschöpfung bin.

Als ob ich nach so einem Geständnis so einfach neben ihm einschlafen könnte!

POCH

POCH

POCH

BZZZ

Dir meine Gefühle zu gestehen, war echt unfair von mir. Schließlich steckst du hier mit mir fest.

Danke...

Was ist, Kazuhito?

Kannst du nicht schlafen?

Hm?

Doch...

Hmm...?

!

Was machst du nur...

Na komm!

Jetzt schlaf endlich...

BZZZ

BZZZ

POCH

POCH

POCH

Kannst du nicht schlafen, Kazuhito?

Na ja. Wahrscheinlich bin ich aufgeregt, weil das meine erste Übernachtung ist.

Und wegen dem, was eben im Fernsehen lief...

Sorry, hab ich dich geweckt?

Du hast Angst vor so was?

Ach so. Diese Gruselgeschichte?

Dir scheint es ja nichts auszumachen, Natsukawa.

Das macht nichts, aber ist alles okay bei dir? Hast du vielleicht Bauchschmerzen?

POCH

POCH

POCH

Danke.

Mhm

Das hat er wohl im Halbschlaf gemacht.

Und wenn er aufwacht, kommt er bestimmt wieder total ins Schwitzen.

FLÜSTER

Gute Nacht, Natsukawa.

DING
DONG
DING

... hatte ich heute Morgen echt ein Déjà-vu, Natsukawa!

Dein Gesicht beim Aufwachen vor mir zu haben, ist schlecht für mein Herz...

Aber irgendwie...

Ha! Ha!

Was soll denn das schon wieder?

LIVING | WITH | HIM
KAPITEL | 5

Nein, mir tut's leid, dass ich dich erschreckt hab.

Sorry! Ich war in Gedanken und hab mich nur erschreckt.

Oh...!

Ach ja, Kazuhito! Am Donnerstag musst du nicht arbeiten, oder?!

O je... Ich hab's schon wieder vermasselt.

Am Donnerstag...

KLAPP

Auch heute Morgen...

Den ganzen Tag über bin ich schon so drauf.

SCHMERZ

SCHMERZ

SCHMERZ

....!!

KLONK

WUPP

....!

Das war verdammt laut.

Sein Gesicht ist so intensiv!!!

S...

Mor-gen...

Morgen.

Das wird wahrscheinlich 'ne Beule.

SHHHH

KLAPP KLACK

... hab im Schlaf total geschwitzt ...

... und werd mich vor der Uni duschen!!

Was?!

Aber hat mir dieses Gesicht nicht gestern erst seine Liebe gestanden...?

I... ich...

SWUPP

... aber es ist erst fünf...

Ich bin so schnell aus dem Bett gesprungen ...

Ich benehm mich völlig unnatürlich...

Oh Mann...

RAUSCH

... prickelt so.

Die Stelle, an der er mich berührt hat...

ZUCK

Da ist ein Blatt auf deinem Kopf, Natsukawa...

Was?!

Tatsäch-lich?

Wo denn?

Hey!

Guten Morgen, Kazuhito und Ryo-chan!

Ja. Unsere Senpais haben doch die Teilnahme zur Pflicht erklärt.

Hurra!

Mit guten Freunden macht's schließlich mehr Spaß!

Du bist doch am Donnerstag dabei, wenn wir einen trinken gehen, nicht wahr, Kauzhito?

Hey! Morgen Yoshida!

Morgen.

Dann bist du also am Donnerstag unterwegs.

Na ja. Darauf bin ich schon gefasst.

... müssen wir uns wahrscheinlich um die Abgestürzten kümmern.

Aber da wir selbst noch keinen Alkohol trinken dürfen...

... so dass ich noch nicht dazu gekommen bin, es dir zu sagen.

Ich hab erst gestern Bescheid bekommen...

Genau. Wir gehen mit den Leuten von der Arbeit einen trinken.

Außerdem gehör ich doch gar nicht dazu.

Einsam...? Das macht mir nichts! Ich bin doch kein kleines Kind mehr...

Ach so! Dann fühlst du dich bestimmt einsam, Ryo-chan! Magst du vielleicht mitkommen?

Na dann.

Ups!

Ich hab enttäuscht geklungen.

Sicher?

Was?!
Haruna?!
Sorry!

K...

Macht nichts. Schließlich hab ich ihn imitiert.

Und es war ein voller Erfolg! ♪

... mit mir Vorlieb nehmen.

Leider musst du...

Kazuhito?!

Ha ha ha! Geht mir genauso!

Weil ich immer vorne sitze und mich kaum umschaue, bist du mir gar nicht aufgefallen.

Du bist auch in dieser Vorlesung, Natsukawa?

...

Aber du wirkst...

... so energielos Bist du müde?

Darauf antwortet sie, dass sie dich gern hat, aber sich nicht sicher ist, ob es sich dabei um Liebe handelt.

Wie würdest du darauf reagieren?

Was ist los?

Bist du etwa verliebt und wartest auf eine Antwort?

Gute Frage. Das ist ganz schön bitter.

Nicht wahr?!

Das nicht... Ha ha...

Vielmehr bin ich derjenige, der jemanden hinhält...

Ich denke, dabei kommt's auf die jeweilige Situation an und wie stark die Gefühle des anderen sind.

Bestimmt gibt es Menschen, die ewig warten können, aber auch solche, die sofort das Handtuch werfen.

W... was denn?!

Aha...?

Nichts?

GRINS GRINS GRINS

Wenn ich ehrlich bin, ist eine aussichtslose Liebe doch nur eine Last.

Schnell einen Schlussstrich zu ziehen und sich neu zu orientieren, wäre in diesem Fall doch normal, oder?

*Ja.
Kann ich
verstehen.*

Da hat er recht.

Oh! Kazuhito!

Bist du heute nicht zum Trinken verabredet?

Kommst du spät wieder?

PIEP PIEP

Wahrscheinlich so gegen 22 Uhr. Morgen hab ich gleich zur ersten Stunde.

Oh!

Ich werde eher zurück sein, als wenn ich arbeiten muss.

Von Haruna!

Mhm. Alles klar.

Was?

Ach so.

Nichts.

Vergiss es.

Hm?

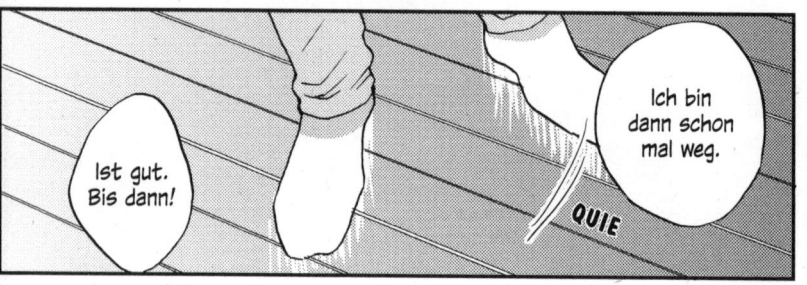

Ist gut. Bis dann!

Ich bin dann schon mal weg.

QUIE

Das hab ich gar nicht mitbekommen.

... haben sich also angefreundet.

Die beiden...

LIVING WITH HIM

KAPITEL 6

Da ist es ja!

Sorry, dass ich dich mitgeschleift hab.

Macht nichts. Ich bin sowieso auf der Suche nach Literatur für mein Referat.

Und heute hab ich Zeit.

GRINS

Ach ja?

Nein, weil ich nicht arbeiten ...

... oder kochen muss. Mehr steckt nicht dahinter!

Hm?!

Etwa weil Tanaka unterwegs ist?

In Hausarbeit bin ich ganz gut.

Ach! Du kochst selbst?

Na ja, meinetwe ...

Nichts da!

Nicht schlecht! Ich hätte auch gern einen Natsukawa!

Kann man dich mieten?! Wie wär's?

Hä?

Hey!

Du bist hier?!

Hast du mich erschreckt!

Huch! Kazuhito?!

Stell dich nicht einfach so hinter mich!

Natsukawa ist kein Haushalts-service!

Er wurde mir von Saeko-san anvertraut, und ich kann ihn nicht leichtfertig verleihen!

POCH

!

Warum hast du was dagegen?

Meine Natsu-kawas Mutter.

Moment! Wer ist Saeko-san?

PRUST!

Wie einträchtig!

Du nennst sie beim Vornamen? LOL

Ach so. Das hat er gemeint...

Verdammt! Ich muss zur Arbeit!

Danke dir, Natsukawa!

Gern.

Wir sind uns vor kurzem zufällig begegnet.

Aber wann hast du mit Saeko über so was geredet?

MURMEL

Und du sei nicht so eine Glucke.

PATT

Musst du nicht zu deiner Trinkrunde?

J... ja. Ich mach mich langsam auf den Weg.

Sag mal.

Haruna...!

Aber nur, wenn du nichts anderes vorhast...

Wirklich?!

STRAHL

Nein, ich bin nur überrascht, weil ich nicht erwartet hab, dass du dich freust...

Bin ich echt so abweisend rübergekommen?!

Meine Begeisterung war wohl zu groß.

Bist du geschockt?

Ups.

Verdammt.

Angelo-
gen?

Ich
hab...

... Haruna
eben angelogen.

Und noch
was...

Ja?!

Worum
geht's?!

BUBBER
BUBBER

BUBBER

*Mein Herz
soll sich
gefälligst
beruhigen
...!*

Ach so.
Sag das doch
gleich!

... was
ich etwas
aufbauscht
hab.

Saeko-san
hat sich nur
gewünscht, dass
ich gut mit dir
auskomme...

... wollte
einfach nicht,
dass du zu 'nem
anderen gehst.

Ich...

TRAPPEL

TROPF

TRAPPEL

TROPF

TRAPPEL

TRAPPEL

WUPP

WUPP

WUPP

WUPP

Tanaka
Natsukawa

KLAPP

G...

Ächz...!

Gerettet
...

Ächz...!

WOOOOOSH

WOOOOOSH

PRESS

Das war knapp...

Die Wetter-vorhersage war ja voll der Betrug.

... Spaß hat?

Ob Kazuhito ...

PLUMPS

Bestimmt kommt er wieder bei allen gut an.

...

Hä?!
Schon
elf?!

Aber...

... Kazuhito
ist ja noch
immer nicht
zurück.

STILLE

Ich geh
mal in den
Konbini...

Bleibt er
womöglich
über Nacht
weg...?

*Aber das kann ich
mir bei ihm nicht
vorstellen...*

Verdammt!
Ob sie gerade
voll am Feiern
sind?

KLACK

KLACK

ZUCK

TRAPP

TRAPP

Da bist
du ja...

!

... Kazuhito...

WOOOSH

Urgh!

Der
Regen ist
schlimmer
geworden.

?!

Da bin ich wieder!

TRIEF

Die Sache ist die...

Hä?! Was denn?!

Ohne Schirm?!

W
a
a
a
s
?!

Dann hätte ich dich doch abgeholt!!

Ruf mich gefälligst an!!

Weil niemand mit Regen gerechnet hat, konnte ich nirgendwo einen Schirm auftreiben.

Mann, ich bin klatschnass geworden.

FLAP.P

K...
kazuhito
...?!

Was
...?

SLIP

So
warm...

*Seine
Wärme
machte
mich ganz
schwindlig.*

Living with him

Notizen

Kommt ganz kurz in Kapitel 8 vor. Ich hätte gerne Tanaka und Natsukawa in die Wanne gesteckt.

Hauptsächlich dieser Bereich kommt vor.

← Kapitel 7 oder 10 oder der Morgen am Schluss spielen in Kazuhitos Zimmer.

← Kapitel 2

BAD

REGAL

WC

SCHRANK

KAZUHITOS ZIMMER

BALKON

WASCHMA-SCHINE

WASCH-BECKEN

SCHREIBTISCH

KÜCHE

REGAL

KÜHLSCHRANK

LAGERRAUM

SCHRANK

NATSUKAWAS ZIMMER

WOHNZIMMER

SCHRANK

BALKON

Eine Frage, Tanaka-kun!

Du hast doch keine Freundin, oder?

LIVING WITH HIM
KAPITEL 7

Nein, hab ich nicht...

Ich glaube nicht, dass du bei Kazuhito landen kannst, Senpai.

Seit der Highschool hat er keine Lust auf Beziehung!

Verdammt! Das Gerücht ist also wahr! ♡

Ähm...

Waaas? Warum denn nicht?

Wenn du noch frei bist, würde ich mich voll an dich ranschmeißen!

きゃーーん

...!!

SCHMELZ

Ich kann warten!

Bist du nicht zu gutmütig? Womöglich hält sie dich zum Narren.

Bitte heirate mich!!

Damit ist dein Beliebtheitsgrad noch einmal nach oben geschossen!!

... noch werd ich zum Narren gehalten.

Ich bin weder gutmütig...

Danke fürs Bad, Kazuhito!

Oh! Du bekommst mein Bett! Ich hab nur noch 'nen dünnen Futon.

Ach was! Kein Problem!

Ich wechsle gleich die Bezüge und das Kissen.

Sorry, dass ich so überfallen hab.

Da ich schon im zweiten Jahr auf der Mittelschule bin, hatte ich eigentlich gesagt, dass ich auch allein zu Hause bleiben kann.

Was?! Der Boden reicht mir völlig!

Nichts da! Du bist schließlich Gast!

Als Pitcher wird er es damit schwer haben.

... aber zum Glück hatte ich etwas, für das ich mich begeistern konnte.

Doch dieser jemand wollte einfach nicht erscheinen...

... aber du solltest darüber nachdenken, was du später mal machen willst.

Deine Verletzung ist nicht unheilbar...

Er könnte Feldspieler werden... Aber fest steht, dass es Zeit braucht, bis er wieder spielen kann.

Vermutlich wird es sich auf deine spätere Laufbahn auswirken. Du hast doch bestimmt schon mehrere Uni-Empfehlungen bekommen.

Ist etwas
passiert?

...?

?

Sicher...?

Na ja...
Dann ist
ja gut.

Nein...

Was
soll schon
passiert
sein?

Sag mal,
Natsuka-
wa...

Sie ist so kalt und tut echt gut.

Meinetwegen.

Weil du selbst vor Hitze glühst!! Ist dein Fieber etwa gestiegen?!

Danke!

Gut möglich...

Hach, ich liebe dich.

Ich liebe dich.

Ich liebe dich, Natsukawa.

...

Aber
bis dahin...

Wenn sich
Natsukawa eines
Tages in jemand
anderes verliebt...

... werde ich einen
Schlussstrich
ziehen.

Hör mal,
Kazuhito...

Ist
meine Hand
genug?

E... es klingelt!
Dein Handy, Kazuhito!
BZZZ
BZZZ
Hier!
Warte! Du wolltest mir doch gerade etwas sagen.
Das kann ich auch später noch!
Vielleicht ist der Anruf wichtig!
Dann entschuldige mich kurz...
BIEP
Hier Tanaka.
Du bist es, Yoshida? Was ist los?
Uff!
Ach so. Von der Trinkrunde von eben?
Oh...

Aber genau deswegen...

... ist es womöglich besser, dass er nichts von meinen Gefühlen weiß.

Sorry! Ich bin jetzt fertig mit telefonieren.

Du hättest ruhig im Zimmer bleiben können.

A... ah... Du bist fertig?

Natsu-kawa!

HUCH!

KLACK

Was wolltest du mir gerade sagen...?

Natsu-kawa...

Dich beschäftigt mein Geständnis, oder?

!

Das muss nicht unbedingt heute sein.

Ein andermal!

Auch wenn ich dich nicht unter Druck setzen wollte...

... war mir klar, dass dir die Sache unangenehm ist.

Was?

Was redest du da...?

Ich hab deine Nettigkeit ausgenutzt.

Und danke, dass du dir meinetwegen so viele Gedanken gemacht hast.

Tut mir leid, dass ich dich so in die Ecke gedrängt hab.

Jetzt mach nicht so ein Gesicht!

Nein, warte! Es ist mir nicht unangenehm ...

!

Leg du dich auch endlich hin, Natsukawa.

KLAPP

Ich nehm ein Bad!

Oh.

Warte...

Huch ...?

Als würde er mich...

... auf Abstand halten wollen.

Was...?

Wieso? Und die Uni?

Tut mir leid, dass es so spontan ist...

... aber ich fahre morgen für eine Woche ins Elternhaus meiner Mutter.

Genau. Und deswegen haben sie mich für diese eine Woche um Hilfe gebeten, da wichtige Zimmerreservierungen anstehen.

Echt jetzt? Klingt übel.

Dort führen sie doch ein Ryokan* und ein langjähriger Mitarbeiter hat wohl einen Hexenschuss.

*Traditionell eingerichtetes, japanisches Gasthaus.

Danke!

Bitte kümmere dich solange um die Wohnung.

Eine Fehlwoche an der Uni kann ich wohl verkraften.

Zu wem sagst du das?! Darauf kannst du dich verlassen!

Also gut... Bis dann.

Verstehe... Dann mal frohes Schaffen.

Huch...
Wie cool!
Steht ihm
super!

Würde er
als Aushilfe
womöglich
so etwas
tragen...?

Die
Familie
seiner
Mutter
führt also
ein Ryokan.

Puh...
Na so was.

Das spielt
doch jetzt
keine Rolle!

Eine
Woche
also...

Seit wir
zusammenwohnen...

... ist es
das erste Mal,
dass wir uns so
lange nicht mehr
sehen.

Heute Morgen hat er mich wirklich überrascht...

... aber im Grunde wollte ich doch alleine wohnen.

Oh!

Also kein Problem...

Ob er bis zu unserer Verabredung am Sonntag wieder zurück ist...?

Was ist denn mit dir los, Natsukawa?

LIVING WITH HIM
KAPITEL 9

Moment...

Er arbeitet ...

... in einem Ryokan...?

Ein Samue* steht ihm doch...

?

... bestimmt großartig...

* Traditionelle japanische Arbeitskleidung.

Ich bin ehrlich geschockt, dass ich genauso reagiert hab wie diese beiden...

Uh!

Kyaah! Sehr gut!

Ausgezeichnet!

B... blödsinn!!

Na komm! Das braucht dir doch nicht peinlich zu sein!

Und jetzt fühlst du dich einsam und bist deswegen nach Hause gekommen?

Gut auskommen...?

Du kannst dich glücklich schätzen, jemanden zu haben, den du so vermisst.

...

Na ja, es klappt ganz gut...

Obwohl du zuerst Bedenken hattest, scheint ihr ja gut miteinander auszukommen.

Du Glücklicher kannst zusammen mit Kazuhito-kun wohnen! Was für ein Traum!

Das sagst du immer wieder, aber was ist denn so toll am Zusammenwohnen?

Häää?

... und im Idealfall verliebt er sich in mich!!

Was? Ich könnte ihn immer mit glänzenden Augen anschauen...

Pfft!

Aber würdest du dir keine Sorgen machen, wenn dich ein Kerl wie Kazuhito liebt?

Er wäre immer von anderen Frauen umschwärmt, und womöglich fragst du dich, ob du gut genug für ihn bist.

Bestimmt denkst du gerade, dass so was nie passieren würde!!

Nein, wieso?

Wie selbstbewusst!

... würde ich mich für supersüß und die Tollste überhaupt halten.

Wenn ich so anziehend wäre, dass sich Kazuhito-kun in mich verliebt...

Hä?

Aber durch Selbstzweifel...

... würde ich ihn doch beleidigen, wo er sich doch in mich verliebt hat.

Putzen
erledigt!

Eingekauft
hab ich auch!

Die Wäsche
ist ebenfalls
gewaschen!

Jetzt
bleibt
noch...

... Betten
auslüften,
weil das
Wetter so
gut ist!

Bestimmt
hat er nichts
dagegen, wenn
ich mir ohne
zu fragen
sein Bettzeug
schnappe...

SACHT

KLACK

Hm?

TOCK

Was...?

Ein Magazin für Wohnungsan-zeigen?

Aber wozu...?

Wie?

Moment.

Hat Kazuhito...

»Tut mir leid, dass ich dich so in die Ecke gedrängt hab.

Und danke, dass du dir meinetwegen so viele Gedanken gemacht hast.«

Was
jetzt...?

Oh
nein...

... etwa
vor, die WG
aufzulösen...?

MURMEL

MURMEL

MURMEL
MURMEL

Ah!

Hm?
Natsukawa?

Genau!

Wohnst
du denn auch
in dieser
Gegend?

Hier
wohnt
ihr beide
also?

Huhu!

Haruna!

Nein, ich hab
gestern bei 'nem
Freund übernachtet
und bin jetzt auf
dem Heimweg.

Ach
so!

Kann ich mal auf 'nen Sprung zu dir rein?

Meinetwegen...

Klasse!

Na so was! Was für 'ne saubere Wohnung!

Ich hab gerade erst geputzt.

Oh! Setz dich doch.

Danke.

Komm rein.

Entschuldige die Störung!

TOCK

Er kommt heute zurück.

Echt? Wie schön für dich!

Huch? Wie lange bleibt Tanaka eigentlich weg?

162

In der Tat...

Wenn er mit einer Person zusammen ist, in die er verliebt ist, wird er sie bestimmt hätscheln und tätscheln und auf Händen tragen und immer in ihrer Nähe sein und sie umarmen und küssen und sie mit einer letalen Dosis Liebe überschütten.

Zumindest stell ich's mir so vor.

Aber ob du ihn nun abweist oder nicht...

Du fühlst eben, was du fühlst.

Stimmt...

Ha ha ha! Ihr beide seid echt zum Schießen!

Kommt doch endlich zusammen!

Vielmehr ist die Vorstellung...

... unglaublich...

... auch in Zukunft mit Kazuhito zusammenzuwohnen...

Nein, das denke ich nicht...

Dann...

... ist doch alles in Ordnung.

?!

SCHRECK

Das denke ich überhaupt nicht...

Natsukawa?!

Hey, jetzt wein doch nicht!

Was?

ぽり

KULLER

Sag das *ihm*, nicht mir.

Heute kommt er doch wieder, nicht wahr?

Sorry... Ich fühlte mich so erleichtert, als meine Zweifel auf einmal verflogen waren...

SNIEFF

Ich bin in Kazuhito verliebt...

LIVING WITH HIM

KAPITEL 10

Verdammt! Bringt er mich jetzt um?

BRZ

Ha ha...

BRZ

Was soll das werden...

... Haruna?

PRESS

Aber weshalb...

Mach nicht so ein grimmiges Gesicht.

Ich hab nichts getan, weswegen du mir böse sein müsstest.

SST

Ich bin jedenfalls nur zufällig hier vorbeigekommen und hab mal reingeschaut. Wirklich.

Aber jetzt bin ich wieder weg.

Was soll das heißen...?

Darüber solltet ihr beide in Ruhe reden.

Also dann!

Uh...

Viel Erfolg, Natsukawa!

Kazuhito ...

...

Aber warum...

Oh Mann, echt peinlich, dass ich vor anderen Leuten rumheule, obwohl ich schon studiere...

Es ist genau, wie Haruna gesagt hat!

... bin ich...

... der Grund dafür?

Er hat nichts Schlimmes getan oder gesagt!

W...

...!

Nun ja...!

174

Weil ich mich so einsam gefühlt hab...

... als du nicht da warst...!

Doch, ja. Deswegen!

Aah! Moment! Nicht deswegen!

Schon gut. Mach langsam!

Tief ein und ausatmen!

Aber ich hab's schlecht erklärt!

Was...? Wie süß...

So ist gut.

Haah... Puuh...

Die Sache ist die, Kazuhito...

Du hast geweint, weil du dich einsam gefühlt hast...?

Dass du in mich verliebt bist...

... ist doch nicht wahr...?

Doch, es stimmt!

Ach verdammt! Jetzt heul ich schon wieder! Wie peinlich...

DRÜÜÜÜÜCK

...

PATT

Tut's weh?

Wah!

Kazu-hito!

Hey!

Tut mir leid.

Aber ich bin so froh...

Aua, aua, aua, aua!

...

ふにゃ～ん

SCHMELZ

Verdammt ...

Was jetzt?

Ich war in meinem Leben noch nie so glücklich!

Kazuhito.

Ich hab ein Magazin mit Wohnungsanzeigen in deinem Zimmer gefunden!

Ach ja!

Wie kommst du darauf...

... dass wir die WG auflösen?!

Und deswegen ...

Das fragt genau der Richtige!

Was?!

Waaas?!

Ganz bestimmt nicht!!

... belastet dich dieses Leben zu sehr, weil ich dir keine klare Antwort gegeben habe...?

An einem Tag, als du abends gearbeitet hast, hab ich Instant-Ramen gegessen...

... und das Magazin, das bei uns im Briefkasten lag, nur als Untersetzer benutzt!

Was ?!

... die Fassung verloren...

Und so rumgeheult...

Wirklich?

Dann hab ich bloß wegen voreiliger Schlüsse...

Natsukawa...

W... wie peinlich ist das denn...!!!!

RUBB

Ich
liebe dich,
Natsukawa.

Mehr
als alles
andere auf
der Welt.

TSCHILP

TSCHILP

ZUCK

Wie süß...

Huch!

Du bist wach, Kazuhito?!

Guten Morgen, Natsukawa.

Nein, ich hab geschlafen.

DRÜCK

Ich hab Hunger. Sollen wir in den Konbini gehen?

RUBB

Hey! Dann essen wir die!

Cup-Nudeln hätte ich hier.

Was ist dir lieber? Schweinebrühe oder Salzgeschmack?

Hmm. Schweinebrühe.

Okay.

BLUSH

BLUSH

Nein... Das war kein Traum.

... war kein Traum, oder?

Das gestern...

Ich tu wenigstens Lauchzwiebeln rein.

Natsukawa...

Hmm?

TOCK
TOCK
TOCK

...

Häää
?!

Ist das
nicht ein
bisschen
unfair?!

Bestimmt
wird auch in
Zukunft...

Dann
lass uns mal
essen...

WUPP

...!

LIVING
WITH HIM

LIVING
WITH HIM

PRESENTED BY TOWORU MIYATA

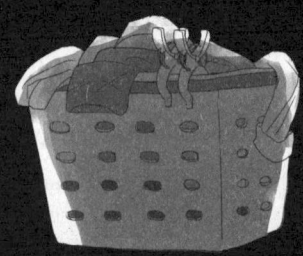

Der 24. Dezember...

... ist ein Tag, an dem die Welt Besseres zu tun hat...

... an einer gruseligen Feier für Single-Frauen teil!!

Aber egal!! Im Anschluss nehme ich...

Gefühl der Leere

Herzlich willkommen!

... während ich selbst arbeite.

Ähm, Entschuldigung.

Oh!

Ja bitte...

Bitte einmal den kleinsten Kuchen hier.

WEIHNACHTSGESCHICHTE

Welchen hast du dir ausgesucht?
Den Kleinen hier.
Hurra! Käsekuchen!
So! Jetzt noch Hähnchen kaufen und ab nach Hause.
Moment, Kazuhito! Unser Shampoo ist fast alle.
Ach so. Stimmt.
Hm? Was hat er gesagt? Sie wollen zusammen nach Hause???
Sie benutzen gemeinsam ein Shampoo? Was? Wohnen die etwa zusammen????
Aber hat der heiße Typ nicht gesagt...
... „mit einem geliebten Menschen"...?
Sind die beiden ein Paar? Oder doch nicht?!
Und dann verschwanden die beiden im Lichtermeer!!
Da alle Teilnehmerinnen der gruseligen Feier für Single-Frauen Boys Love-Fans waren...
Verdammt!
Voll die Heilige Nacht!!
Großartig!
... herrschte absolute Hochstimmung in unserer Runde.

UMZUGSTAG-GESCHICHTE

Hey, Kazuhito! Lass uns mit dem Auspacken erst mal Pause machen!

Gern!

Bücher (Lehrnmaterial)

Kleidung (Frühling/Sommer)

Und hier...

Was?! Etwa selbstgemacht? Wo hast du sie her?

Boah, Kekse?

Was ist das...?

Von meiner Schwester für dich.

Hab ich mich erschreckt...

Natürlich sind die nicht von Natsukawa!

!

V... verstehe!

Dann werd ich mich das nächste Mal bei Mana-chan bedanken.

Ich liebe ihn.

Hm?!

Wenn's um Kekse geht...

... kann ich wieder welche für dich backen, kleiner Bruder!

Jetzt sag doch was...

...?

Dich als kleinen Bruder zu haben, ist doch etwas zu viel für mich...

Das könnte meinen Charakter verderben...

Minderwertigkeitskomplexe vorprogrammiert...

Was soll denn das heißen?

?!

Ach so. Stimmt.

Ob ich das durchstehen werde...?

Danke, großer Bruder...

WHOOO
LIVING WITH LOVE
Eine Frage, Kazuhito...
Hm?
Bist du meinetwegen schon mal angetörnt?
Hm?!
Warst du nie?
STARR
Was?! Natürlich passiert mir das!
Und zwar oft...
Echt jetzt?! Das passiert dir?!
WHOOOOOOO
Warum willst du das auf einmal wissen?

Aber bevor ich dir irgendwie weh tue oder bei dir unten durch bin...

Deine Selbstbeherrschung ist wirklich aus Stahl!

Wahnsinn!

... kann ich meine Lust beliebig unterdrücken.

Ich...

... hab ...

Aber wie ist es bei dir, Natsukawa...?

!

... neulich mal recherchiert, wie Männer es miteinander machen.

?!

J...

Deine Antwort klingt ein bisschen seltsam.

Fuh.

Ja, gerne doch!

Küss

Hh!

Hm!

... können wir nicht alles machen.

SLIP

Aber weil ich nicht richtig vorbereitet bin...

Ah.

RUBB

K... kazuhito...

...!

Küss

Oh. Das ist...
... krass.
Hm.
Küss
Tut das gut.
Küss
Mhm.
Mir auch.
Ein Glück, dass ich nicht gestorben bin...
Ist das etwa als Feedback gemeint?

Aber es wäre schon toll, wenn wir's irgendwann bis zum Schluss durchziehen könnten.

Außerdem hast du dich heute nur um mich gekümmert...

Nein, ehrlich. Ich hatte wirklich Angst, dass mein Herz explodiert und ich dabei draufgehe.

Du machst mir Angst.

Aber ich lasse dich nicht sterben.

Beim nächsten Mal...

... werd ich *dir* mal ordentlich einheizen.

Wie in aller Welt soll ich denn noch heißer werden als heute...?!

Du musst mich immer gleich küssen, um deine Verlegenheit zu überspielen!

Mhm...

Ich freu mich drauf.

END ♡

LIVING
WITH HIM

Living with him

Nachwort

Ich bin Toworu Miyata! Schön, euch kennenzulernen! Vielen Dank, dass ihr „Living with him" zur Hand genommen habt! Da ich fast 190 Seiten gebraucht habe, bis die beiden zusammenkommen, habe ich danach womöglich als Gegenreaktion nur noch Szenen gezeichnet, in denen sie wie verrückt rummachen. Das macht Spaß!

Als ich mit dem Zeichnen anfing, sollte der Manga nach Kapitel 2 enden, doch dann durfte ich so lange weiterzeichnen, bis die Geschichte zu meinem ersten Manga-Band zusammengefasst werden konnte. Da mir die beiden beim Zeichnen so ans Herz gewachsen sind, bin ich wirklich glücklich, dass diese Geschichte nun als Buch erschienen ist.

Wirklich vielen herzlichen Dank an meinen zuständigen Redakteur, der mich bei diesem Werk unterstützt hat, den Leuten aus der Redaktion, Designer:in-sama und meinen Lesern, die mich im Laufe dieser Fortsetzungsreihe angefeuert haben! Ich würde mich freuen, wenn irgendetwas aus dieser Geschichte einen bleibenden Eindruck hinterlässt.

Sehen sich kaum noch.

3. HIGH-SCHOOL-JAHR

unterschiedliche Schulen

183 cm

Blazer

traditionelle Uniform

172 cm

Kazuhito tritt dem Baseball-Klub bei, und die beiden haben weniger Gelegenheiten miteinander zu reden.

2. MITTEL-SCHULJAHR

Auf derselben Mittelschule mit traditioneller Uniform!

Die Eier in diesem Supermarkt sind echt günstig!

Er ist bereits umschwärmt, aber hat schon jetzt nur Augen für Natsukawa.

KAZUHITO TANAKA UND RYOTA NATSUKAWAS ENT-WICKLUNGSPROTOKOLL

168 cm

Gruppe 6
158 cm

Du bist aber gewachsen!

Ein Herz und eine Seele!

3. GRUND-SCHULJAHR

Dicke Freunde!

131 cm

130 cm

Cocomi
NEU ANFANGEN UND GLÜCKLICH SEIN

Vier Jahre ist es her, seit Mitsuomi Tokyo verlassen hat und in sein kleines Heimatdorf zurückgekehrt ist. Und seit fast drei Jahren sind er und sein Nachbar Yamato ein Paar! Auch wenn die beiden ihre Beziehung nie klar definiert haben, wissen sie, was sie füreinander empfinden. Doch bleiben sie vom Klatsch und Tratsch nicht verschont und geraten immer mehr in Erklärungsnot …

Spin-Off von „heimkehren und neu anfangen"

neu anfangen und glücklich sein
Einzelband ISBN 978-3-7704-4261-4
€ 8,00 [D]

www.egmont-manga.de

MANGA
漫画

EGMONT

Boys Love

Mayo Tsurukame

EIN PERFEKTER ANTRAG

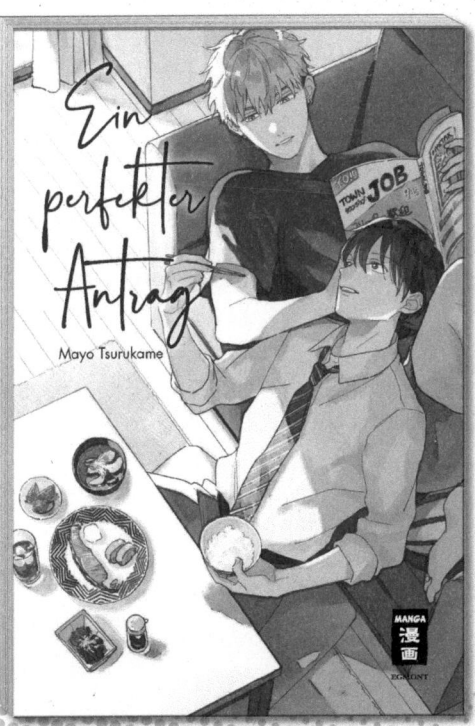

Hirokuni steht kurz vor einem Zusammenbruch. Sein tyrannischer Boss und das massive Arbeitspensum haben ihn ausgebrannt. In dieser schweren Lebensphase trifft er nach 12 Jahren Kai wieder – seinen Kindheitsfreund, auf den er manchmal aufgepasst hatte. Kai sitzt seit Kurzem auf der Straße, weshalb Hirokuni ihn spontan bei sich einziehen lässt…

Ein perfekter Antrag
Einzelband ISBN 978-3-7704-4334-5
€ 8,00 [D]

MANGA 漫画

www.egmont-manga.de

EGMONT

Girls Love

Yuni
OFFICE AFFAIRS

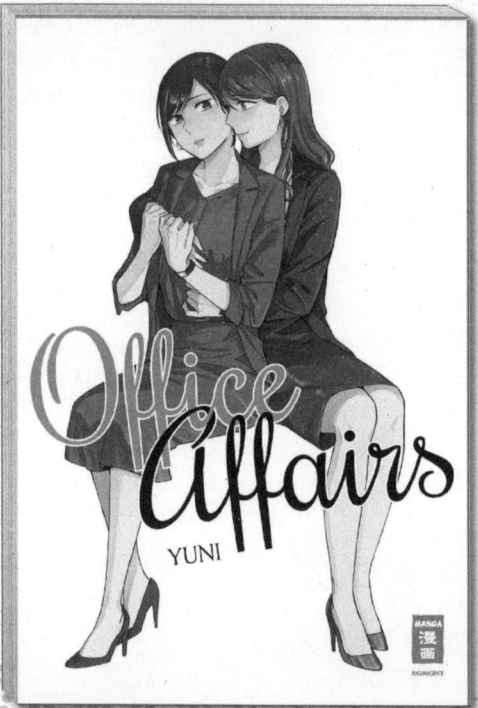

Im Büro sind Saori und ihre Chefin Ayako ein unschlagbares Team, doch was niemand weiß: Nach der Arbeit ist ihre Beziehung nicht nur beruflicher Natur ... Als Saoris Gefühle immer stärker werden, steht Ayakos Ehe kurz vor dem Aus - verbindet die beiden wirklich mehr als nur eine Affäre?

Office Affairs
Einzelband ISBN 978-3-7704-4255-3
€ 10,00 [D]

MANGA
漫画

www.egmont-manga.de

EGMONT

Girls Love

majoccoid / Mocchi-au-lait
NOT A BOY

Studentin Satomi ist zum ersten Mal verliebt – und zwar in den coolen Kanda, der in ihren Literaturkurs geht. Als eine Freundin sie bittet, für das Uni-Festival Jungs zu suchen, die gut in Frauenkleidung aussehen könnten, ergreift Satomi die Gelegenheit und spricht Kanda an. Dieser sagt nicht nur zu, beim Festival zu helfen, sondern bittet sie auch noch um ein Date! Alles könnte perfekt sein, doch was Satomi nicht weiß: Kanda ist eigentlich ein Mädchen ...

Not a Boy 01
ISBN 978-3-7704-4363-5
€ 7,50 [D]

MANGA
漫画

EGMONT

„Living with him" von Toworu Miyata
Aus dem Japanischen von Melania Schmitz
Originaltitel: „Kare no iru Seikatsu"

Originalausgabe:
Kare no Iru Seikatsu
© Toworu Miyata 2019

Original Cover Design: Miya Shima/SILO

Originally published in Japan in
2019 by Libre Inc.,Tokyo.
German translation rights arranged
with Libre Inc., Tokyo, through
TOHAN CORPORATION, Tokyo.

Deutschsprachige Ausgabe erschienen bei
© 2022 Egmont Manga verlegt durch
Egmont Verlagsgesellschaften mbH,
Alte Jakobstraße 83, 10179 Berlin

1. Auflage 2022

Verantwortliche Redakteurin: Manuela Rudolph
Gestaltung: Ester Strunck
Koordination: Angelika Schönhuber
Printed in the EU
ISBN 978-3-7704-4384-0

www.egmont-manga.de
Unsere Bücher findest du im
Buch- und Fachhandel und auf

www.egmont-shop.de

Die Egmont Verlagsgesellschaften gehören als Teil der Egmont-Gruppe zur
Egmont Foundation – einer gemeinnützigen Stiftung, deren Ziel es ist, die sozialen,
kulturellen und gesundheitlichen Lebensumstände von Kindern und Jugendlichen zu
verbessern. Weitere ausführliche Informationen zur Egmont Foundation unter
www.egmont.com

SUTOPPU!

**Koko wa kono manga no owari dayo.
Hantaigawa kara yomihajimete ne!
Dewa omatase shimashita!
Tanoshii hitotoki wo dozo!**

Egmont-Manga-Chiimu

STOPP!

**Das ist der Schluss des Mangas.
Fangt bitte am anderen Ende an!
Und nun genug der Vorrede,
viel Spaß beim Lesen!**

Euer Egmont-Manga-Team